শিয়াল ও সারস
একটি ঈশপের কাহিনী

The Fox and the Crane
- an Aesop's Fable

retold by Dawn Casey

illustrated by Jago

Bengali translation by Kanai Datta

Fox started it. He invited Crane to dinner…
When Crane arrived at Fox's house she saw dishes
of every colour and kind lined the shelves.
Big ones, tall ones, short ones, small ones.
The table was set with two dishes. Two flat shallow dishes.

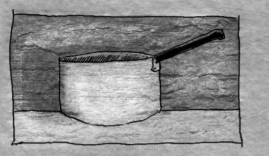

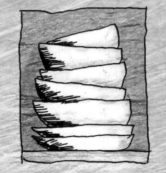

শিয়ালই এটা সুরু করল। সে সারসকে একদিন খেতে নিমন্তন্ন করল ...
সারস শিয়ালের বাসায় এসে দেখল নানা রঙের ও নানা আকৃতির বাসন।
বড়, লম্বা, বেঁটে, ছোট।
দুটি পাত্র দিয়ে টেবিল সাজান হয়েছিল। দুটি পাতলা ও কানা নিচু পাত্র।

সারস তার লম্বা সরু ঠোঁট দিয়ে ঠোকরাতে থাকল, তোলবার চেষ্টা করল। কিন্তু যত চেষ্টাই সে করুক না কেন, সে এক ফোঁটাও সুপ খেতে পারল না।

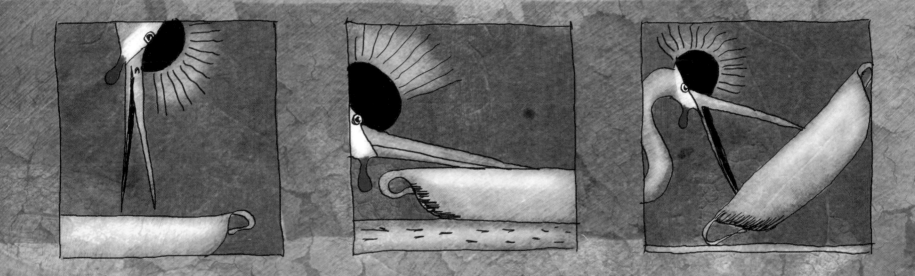

Crane pecked and she picked with her long thin beak. But no matter how hard she tried she could not get even a sip of the soup.

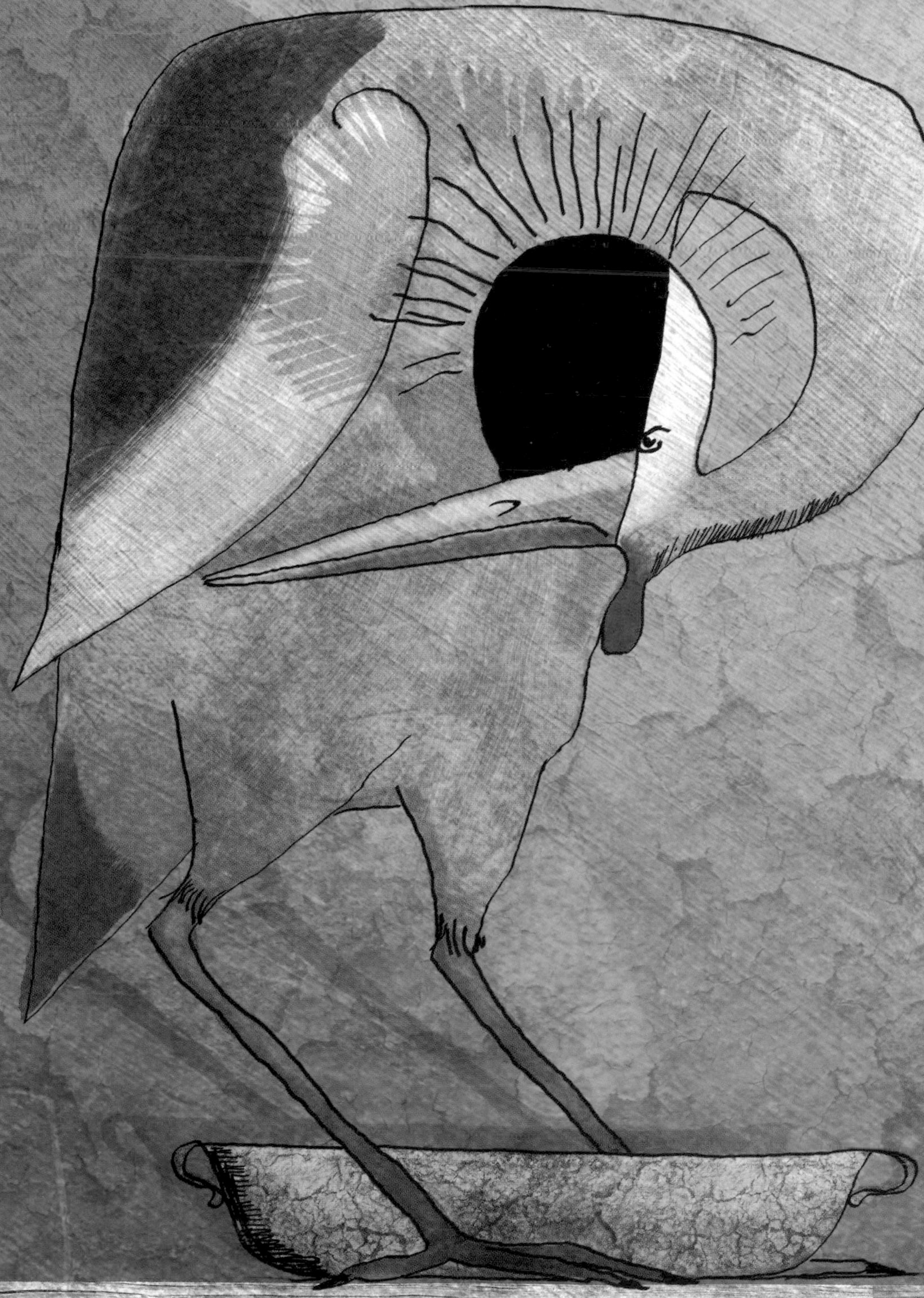

শিয়াল সারসকে এমন যুদ্ধ করতে দেখে মুচকে হাসতে থাকল। সে তার নিজের সুপটা ঠোঁটের কাছে উঠিয়ে নিল আর হাপুস হুপুস শব্দে সবটা চেটে খেয়ে ফেলল। "আঃ, চমৎকার!" সে ঠাট্টা করে বলল আর থাবার পিছন দিয়ে ঠোঁটের লোম গুলি মুছে নিল। "আহা, সারস, তুমি তো সুপটা স্পর্শই করোনি," শিয়াল উপহাসের ছলে বলল। "আমার খারাপ লাগছে যে তোমার এটা ভাল লাগেনি।" এই কথা বলে চেষ্টা করে হাসি থামিয়ে রাখল।

Fox watched Crane struggling and sniggered. He lifted his own soup to his lips, and with a SIP, SLOP, SLURP he lapped it all up. "Ahhhh, delicious!" he scoffed, wiping his whiskers with the back of his paw. "Oh Crane, you haven't touched your soup," said Fox with a smirk. "I AM sorry you didn't like it," he added, trying not to snort with laughter.

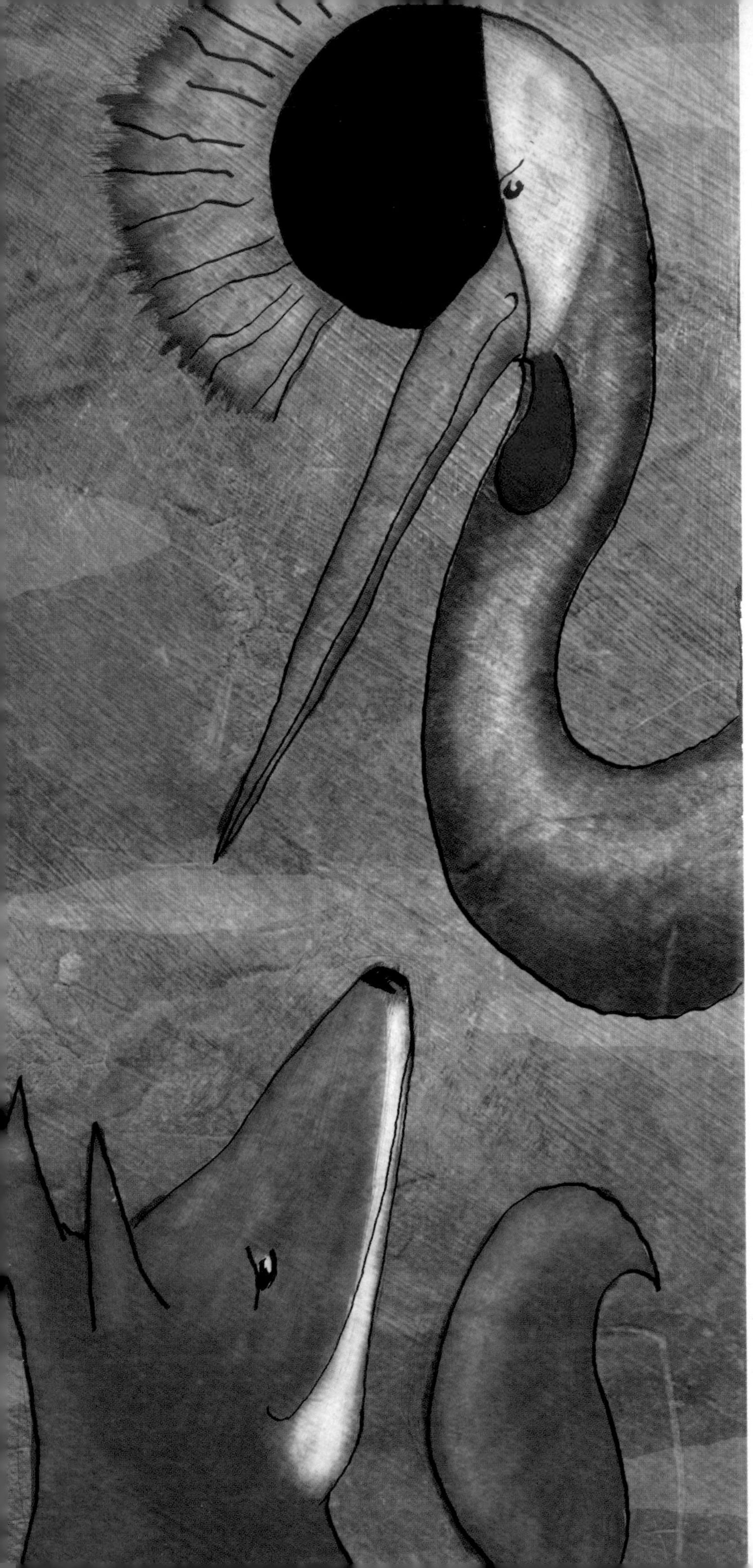

সারস কিছুই বলল না। সে খাবারের দিকে একবার তাকাল। সে পাত্রটার দিকে তাকাল। সে শিয়ালের দিকে তাকাল এবংএকটু হাসল। "ভাই শিয়াল, তোমার দয়ার জন্য ধন্যবাদ," সারস বিনয়ের সঙ্গে বলল। "আমাকে ঋণ শোধ করার সুযোগ দাও – আমার বাসায় একদিনে ভোজনে এসো।"

যখন শিয়াল এল, তখন জানালা খোলা ছিল। একটা সুমিষ্ট গন্ধ ভেসে আসছিল। শিয়াল ওর লম্বা মুখ উঁচু করল আর একটা নিঃশ্বাস টানল। ওর মুখে জল এসে গেল। ওর পেটটা গুড়গুড় করে উঠল। ও নিজের ঠোঁট চাটতে থাকল।

Crane said nothing. She looked at the meal. She looked at the dish. She looked at Fox, and smiled.
"Dear Fox, thank you for your kindness," said Crane politely. "Please let me repay you – come to dinner at my house."

When Fox arrived the window was open. A delicious smell drifted out. Fox lifted his snout and sniffed. His mouth watered. His stomach rumbled. He licked his lips.

"ভাই শিয়াল, এসো ভিতরে এসো," সারস ওর ডানাটা সগর্বে ছড়িয়ে দিয়ে বলল। শিয়াল ঠেলে ঢুকে পড়ল। সে দেখল তাকের উপর সারি সারি সাজানো রয়েছে নানা রঙের ও আকারের পাত্র। লাল, নীল, পুরানো, নতুন।
দুটি পাত্র দিয়ে টেবিল সাজানো ছিল। দুটি লম্বা ও সরু পাত্র।

"My dear Fox, do come in," said Crane,
extending her wing graciously.
Fox pushed past. He saw dishes of
every colour and kind lined the shelves.
Red ones, blue ones, old ones, new ones.
The table was set with two dishes.
Two tall narrow dishes.

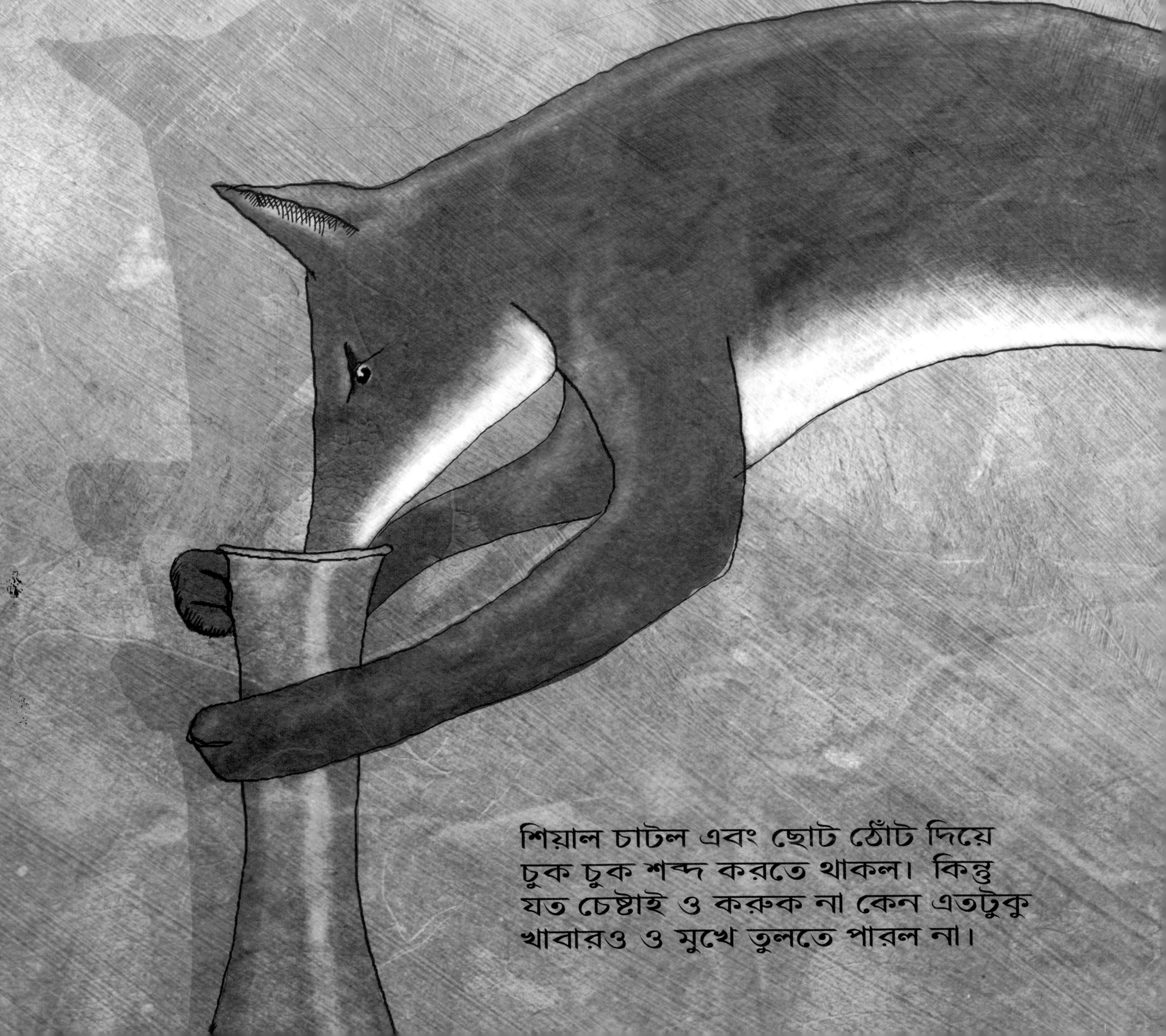

শিয়াল চাটল এবং ছোট ঠোঁট দিয়ে
চুক চুক শব্দ করতে থাকল। কিন্তু
যত চেষ্টাই ও করুক না কেন এতটুকু
খাবারও ও মুখে তুলতে পারল না।

Fox licked and he lapped with his short little snout.
But no matter how hard he tried he could not get
even a mouthful of the meal.

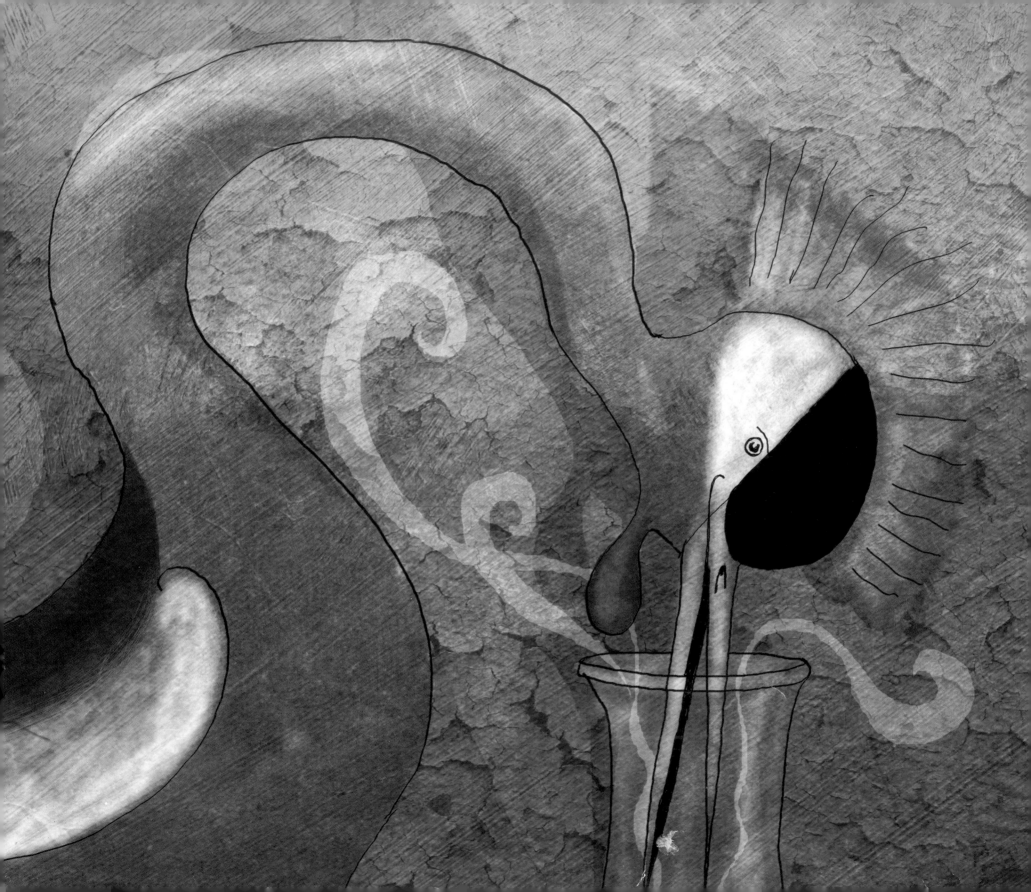

সারস আস্তে আস্তে তার খাবারটা খেল, প্রতিটি মুহূর্তে সে তার স্বাদ
উপভোগ করল।
"ভাই শিয়াল, তুমি এলে বলে তোমাকে ধন্যবাদ," সে একটু হাসল,
"তোমার দয়ার দান পরিশোধ করতে পেরে ভাল লাগছে।"

শিয়ালের পেট গুড় গুড় করে ডাকতে থাকল। এবং সে যখন বাসায়
পৌঁছাল তখনও ও ক্ষুধার্ত।

Crane ate her meal very slowly, savouring every mouthful.
"Dear Fox, thank you so much for coming," she smiled,
"it has been a pleasure to repay your kindness."

Fox's tummy gurgled and grumbled.
And when he went home, he was still hungry.

The Fox and the Crane

Writing Activity:
Read the story. Explain that we can write our own fable by changing the characters.

Discuss the different animals you could use, bearing in mind what different kinds of dishes they would need! For example, instead of the fox and the crane you could have a tiny mouse and a tall giraffe.

Write an example together as a class, then give the children the opportunity to write their own. Children who need support could be provided with a writing frame.

Art Activity:
Dishes of every colour and kind! Create them from clay, salt dough, play dough… Make them, paint them, decorate them…

Maths Activity:
Provide a variety of vessels: bowls, jugs, vases, mugs… Children can use these to investigate capacity:

Compare the containers and order them from smallest to largest.

Estimate the capacity of each container.

Young children can use non-standard measures e.g. 'about 3 beakers full'.

Check estimates by filling the container with coloured liquid ('soup') or dry lentils.

Older children can use standard measures such as a litre jug, and measure using litres and millilitres. How near were the estimates?

Label each vessel with its capacity.

The King of the Forest

Writing Activity:
Children can write their own fables by changing the setting of this story. Think about what kinds of animals you would find in a different setting. For example how about 'The King of the Arctic' starring an arctic fox and a polar bear!

Storytelling Activity:
Draw a long path down a roll of paper showing the route Fox took through the forest. The children can add their own details, drawing in the various scenes and re-telling the story orally with model animals.

If you are feeling ambitious you could chalk the path onto the playground so that children can act out the story using appropriate noises and movements! (They could even make masks to wear, decorated with feathers, woollen fur, sequin scales etc.)

Music Activity:
Children choose a forest animal. Then select an instrument that will make a sound that matches the way their animal looks and moves. Encourage children to think about musical features such as volume, pitch and rhythm. For example a loud, low, plodding rhythm played on a drum could represent an elephant.

Children perform their animal sounds. Can the class guess the animal?

Children can play their pieces in groups, to create a forest soundscape.

বনের রাজা
একটি চীন দেশের উপকথা

The King of the Forest
- A Chinese Fable

retold by Dawn Casey

illustrated by Jago

Bengali translation by Kanai Datta

বনের মধ্যে হাঁটতে হাঁটতে শিয়াল শুনল লম্বা ঘাসের মধ্যে কি যেন নড়াচড়া করছে।

মর্মর মর্মর শব্দ বিরাট একটা কিছু।

মিটমিটে হলুদ চোখের একটা কিছু।

আলোর ঝলক দাঁতের মত ধারালো ছুরির মত কিছু।

Fox was walking in the forest when he heard something moving in the long grass.

RUSTLE   Something big.

BLINK   Something with yellow eyes.

FLASH   Something with teeth like knives.

“সুপ্রভাত, ছোট শিয়াল,” বাঘ দাঁত বার করে হাসল, এবং ওর মুখটা শুধুই দাঁতে ভর্ত্তি।
শিয়াল ঢোক গিলল।
“তোমাকে দেখে খুব খুশি হলাম,” গড়গড় আওয়াজ করে বাঘ বলল, “আমার এখুনি বেশ খিদে পেয়েছে।”
শিয়াল তাড়াতাড়ি একটু ভেবে নিল। “তোমার কি স্পর্দ্ধা!” সে বলল। “তুমি কি জানো না যে আমি এই বনের রাজা?”
“তুমি! বনের রাজা?” বাঘ এই কথা বলে অট্ট হাসিতে ফেটে পড়ল।
“যদি আমাকে বিশ্বাস না করো,” শিয়াল সসম্মানে উত্তর দিল, “আমার পিছনে পিছনে এসো – তাহলেই দেখবে যে সবাই আমাকে ভয় পায়।”
“এটা আমাকে যাচাই করে দেখতেই হবে,” বাঘ বলল।
তারপর শিয়াল বনের মধ্যে দিয়ে হেঁটে চলল বাঘ সগর্বে পিছনে পিছনে চলল, তার লেজটা উঁচুতে রেখে যতক্ষণ না ...

“Good morning little fox,” Tiger grinned, and his mouth was nothing but teeth.
Fox gulped.
“I am pleased to meet you,” Tiger purred. “I was just beginning to feel hungry.”
Fox thought fast. “How dare you!” he said. “Don’t you know I’m the King of the Forest?”
“You! King of the Forest?” said Tiger, and he roared with laughter.
“If you don’t believe me,” replied Fox with dignity, “walk behind me and you’ll see – everyone is scared of me.”
“This I’ve got to see,” said Tiger.
So Fox strolled through the forest. Tiger followed behind proudly, with his tail held high, until…

স্কোয়াক!
হুকের মত ঠোঁট ওয়ালা এক বাজ! বাজটি বাঘের দিকে একবার তাকিয়েই তাড়াতাড়ি গাছের মধ্যে ঝুলে পড়ল।
“দেখলে?” শিয়াল বলল, “সবাই আমায় দেখে ভয় পায়!”
“অবিশ্বাস্য!” বাঘ বলল।
শিয়াল লম্বা পা ফেলে বনের মধ্য দিয়ে হেঁটে চলল। বাঘ আস্তে আস্তে পিছনে চলল, এবার তার লেজটা একটু নিচু করে, যতক্ষণ না ...
ধীরে – মৃদুভাবে, নিঃশব্দে

SQUAWK!
A huge hook-beaked hawk! But the hawk took one look at Tiger and flapped into the trees.
“See?” said Fox. “Everyone is scared of me!”
“Unbelievable!” said Tiger.

Fox strode on through the forest.
Tiger followed behind lightly,
with his tail drooping slightly,
until…

গ্রাউল!
একটা বিরাট কালো ভালুক! কিন্তু ভালুকটা
বাঘের দিকে একবার তাকিয়েই ঝোপের মধ্যে
দ্রুত লুকিয়ে পড়ল।
"দেখলে?" শিয়াল বলল। "সকলেই আমাকে
ভয় পায়!"
"ভাবা যায় না!" বাঘ বলল।
শিয়াল দ্রুত হেঁটে চলল বনের মধ্য দিয়ে।
বাঘ বিনয়ের সঙ্গে পিছনে পিছনে চলল,
তার লেজটা এবার নিচু করে বনের
মাটিতে ঠেকিয়ে,
যতক্ষণ না ...

GROWL!
A big black bear! But the bear took one look
at Tiger and crashed into the bushes.
"See?" said Fox. "Everyone is scared of me!"
"Incredible!" said Tiger.
Fox marched on through the forest. Tiger
followed behind meekly, with his tail
dragging on the forest floor, until...

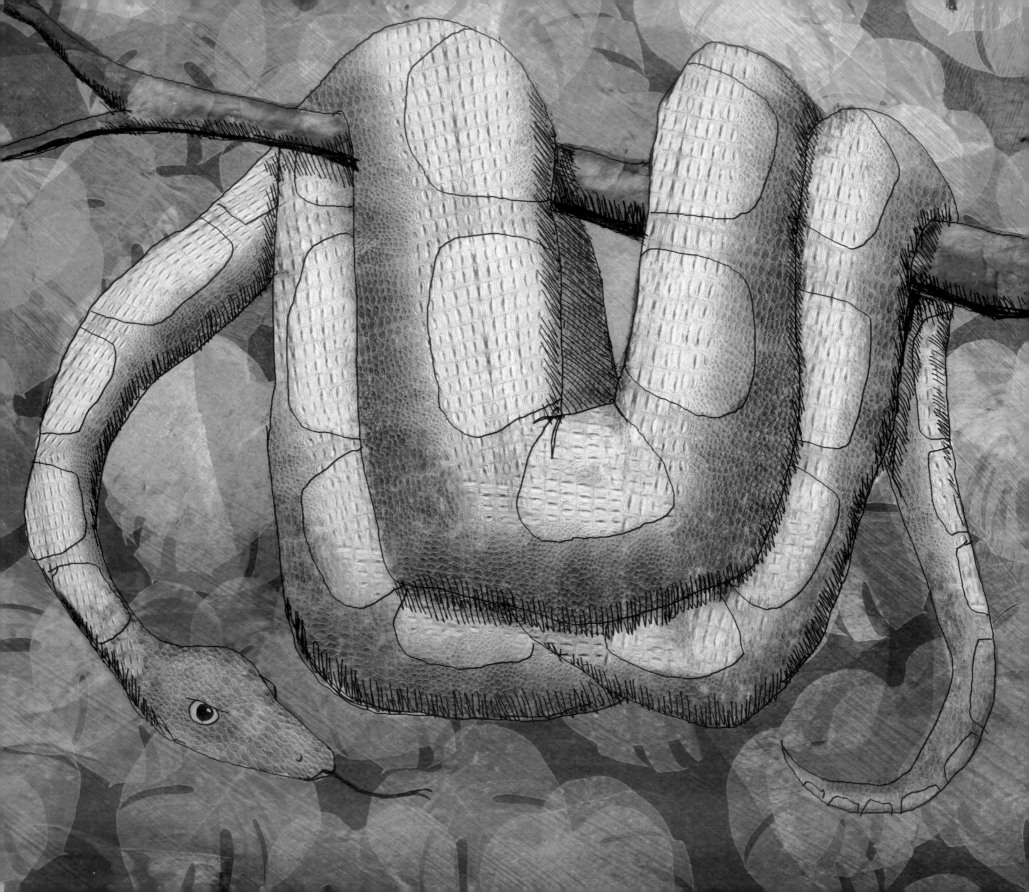

হিস্‌স্‌স্‌!
একটি গুপ্ত ঝুলন্ত সাপ! কিন্তু সাপটা বাঘের দিকে একবার দেখল এবং আগাছাড় ভিতর তাড়াতাড়ি লুকিয়ে পড়ল।
"দেখলে?" শিয়াল বলল। "সকলে কেমন ভয় পায় আমাকে!"

HISSSSSSS!
A slinky slidey snake! But the snake took one look at Tiger and slithered into the undergrowth.
"SEE?" said Fox. "EVERYONE IS SCARED OF ME!"

"I do see," said Tiger, "you are the King of the Forest and I am your humble servant."
"Good," said Fox. "Then, be gone!"

And Tiger went, with his tail between his legs.

"দেখলাম, আমি," বাঘ বলল, "তুমিই এই বনের রাজা
আমি তোমার বাধ্য চাকর।"
"বেশ," শিয়াল বলল, "তাহলে এবার চলে যাও!"

এবং বাঘ লেজটা দুই পায়ের মধ্যে গুঁজে চলে গেল।

"বনের রাজা ," মৃদু হেসে শিয়াল নিজ মনে বলল। ওর মৃদু হাসি অট্ট হাসিতে ফেটে পড়ল, এবং অট্টহাসি ক্রমে চাপা হাসি হয়ে উঠল, এবং শিয়াল সারা রাস্তা হাসতে হাসতে বাড়ি চলে গেল।

"King of the Forest," said Fox to himself with a smile. His smile grew into a grin, and his grin grew into a giggle, and Fox laughed out loud all the way home.

To my Nana, with love ~ DC
For my wife, Alex ~ J

First published in 2006 by Mantra Lingua Ltd
Global House, 303 Ballards Lane
London N12 8NP
www.mantralingua.com

Text copyright © 2006 Dawn Casey
Illustration copyright © 2006 Jago
Dual language copyright © Mantra Lingua Ltd

A CIP record for this book is available from the British Library